三國演義繪本

3 草船借箭

原著〔明〕羅貫中
編著 狐狸家

新雅文化事業有限公司
www.sunya.com.hk

三國演義繪本 3

草船借箭

原　　著：〔明〕羅貫中
編　　著：狐狸家
責任編輯：林可欣
美術設計：劉麗萍
出　　版：新雅文化事業有限公司
香港英皇道499號北角工業大廈18樓
電話：（852）2138 7998
傳真：（852）2597 4003
網址：http://www.sunya.com.hk
電郵：marketing@sunya.com.hk
發　　行：香港聯合書刊物流有限公司
香港荃灣德士古道220-248號荃灣工業中心16樓
電話：（852）2150 2100
傳真：（852）2407 3062
電郵：inf@suplogistics.com.hk
印　　刷：中華商務彩色印刷有限公司
香港新界大埔汀麗路36號
版　　次：二〇二二年一月初版

四川少年兒童出版社有限公司授權出版

ISBN: 978-962-08-7916-6

18/F, North Point Industrial Building, 499 King's Road, Hong Kong
Published in Hong Kong, China
Printed in China

話說天下大勢，分久必合，合久必分。
統治中國四百多年的大漢王朝，進入了分裂動盪的新時期。
狼煙紛亂，羣雄並起。
亂世中，桃園裏，
劉備、張飛、關羽結為兄弟，
再加上聰明機智的諸葛亮，
戰曹操、氣周瑜、燒赤壁……
英雄的故事，即將上演。

曹
劉

　　實力雄厚的曹操集結了百萬水軍，駐紮在長江北岸，時刻準備開戰。而長江南岸，便是孫權和劉備的領地。曹軍的威脅就在眼前，可劉備一方實力弱小，實在難以抗衡。於是諸葛亮決定出使東吳，聯合孫權，共同抗曹。

　　恰好東吳的使者魯肅來拜見劉備，他也想邀請諸葛亮前往東吳，共同商討對抗曹軍的方法。就這樣，諸葛亮和魯肅乘着一葉扁舟，來到了東吳。

東吳有一位名將，名叫周瑜。他武藝高超，並且非常有謀略，年紀輕輕就擔任都督一職。不過，周瑜有一個缺點，那就是氣量小。

面對曹操的百萬雄師，東吳的許多謀士都主張投降。孫權這時十分憂慮，他知道諸葛亮來到東吳後，便集結了身邊的謀士和諸葛亮辯論。諸葛亮心知，若想聯合孫權抗曹，就得先説服這些謀士。於是他毫不退卻，以一人之力舌戰羣儒，最終成功説服了眾人。

見諸葛亮如此足智多謀，周瑜不由得產生了嫉妒之心。他決定找個藉口，除掉諸葛亮！

這諸葛亮太過聰明，
是個強勁的對手。
周瑜恐怕是容
不下我啊！

不久後，我們就要和曹操的水軍交戰了。先生認為，在水面上作戰，應該用什麼兵器？
水上作戰自然是用弓箭。

這天，周瑜命令所有文官武將來軍帳中集合，共同商討對付曹操水軍的方法。

諸葛亮輕搖羽扇，提出江上水戰最重要的兵器是弓箭。

諸葛亮的話正中周瑜下懷。只見他眼珠一轉，微微一笑，向諸葛亮提出了一個不可能完成的任務——在十天之內造出十萬支箭。

「十萬支箭！別說十天，就算是三十天也不能完成啊！」將士們議論紛紛。

孔明先生高見，只是如今軍中缺箭，還請先生在十日之內造出十萬支箭來。
十天？
十萬？
十萬支箭！

我只需三天便可。

軍帳中，幾乎所有人都看向諸葛亮，等待着他的回應。只見諸葛亮不慌不忙地伸出三個手指頭，說道：「十天時間太長，只需三天就夠了。」他願立下軍令狀，如果三日之內交不出箭，便任由周瑜處置。

聽完這話，將士們驚訝地瞪大了雙眼。連魯肅也大吃一驚——三天？這怎麼可能！

放心，我自有主意。
你這不是送死嗎？

三天？這諸葛亮
是不想活了嗎？
明日開始造箭，到第
三天黃昏，都督便
可以派士兵去江邊取
箭。在下先告辭了。

周瑜以為諸葛亮已經中計了，心裏又驚又喜，立刻揮手命人遞上軍令狀。諸葛亮唰唰幾筆簽好軍令狀，定下取箭時間後，便昂首離開了軍帳。

這可是他自
願的，怪不
得我！
都督這是存心為難
諸葛亮啊！

諸葛亮走後，周瑜命令手下的軍士和匠人在造箭時故意拖延，造箭需要的箭竹、膠漆、翎毛，都不要準備齊全。周瑜心想：「我倒要看看他諸葛亮怎樣在三天內造出十萬支箭！」

帳外的魯肅聽到這些話，忍不住擔心起了諸葛亮。正巧，周瑜派他去諸葛亮那裏打探消息，他便急忙領命前去，可匠坊裏、帳篷內，哪兒都見不到諸葛亮的影子。

在一個小兵的帶領下，魯肅磕磕絆絆地穿過一片亂石灘，這才遠遠地看見了諸葛亮的身影。

絢爛的晚霞中，天水相接，渾然一色，一羣鴻雁振翅南飛。諸葛亮此刻正靜靜地站在江邊，抬頭望天，羽扇輕搖，也不知在想些什麼。

諸葛亮怎麼跑到
這裏來了？

你怎麼還不
慌不忙的！
正因為事情緊急，
才請你前來。還請
子敬救我！

魯肅看見諸葛亮竟然如此悠閒，簡直氣上心頭。只有三天時間，諸葛亮不趕緊造箭，竟然還有心情看風景！他正打算指責諸葛亮，沒想到，諸葛亮卻先向他開口求助，要借二十艘船。

借船做什麼？該不會是諸葛亮造不出箭，想要坐船逃跑吧！

除了船，諸葛亮還向魯肅要了士兵、草人、青布幔帳、戰鼓、鐵索……這些倒不像是用來逃跑的工具，不過怎麼看，都和造箭沒有半點關係。諸葛亮到底要做什麼呢？

我需要二十艘船、六百名士兵、一千個草人，還要青布幔帳、戰鼓和一些鐵索。
不要箭竹、膠漆、翎毛，怎麼造箭？

都抬過來！

我要是能想明白，早就當上將軍了……
這諸葛亮到底想幹什麼？

回到營中，魯肅一聲令下，調動起手下的士兵。他們有的去兵營抬戰鼓、有的去拖粗鐵鏈、有的拿來一疊疊青布幔帳，更多的士兵搬來一垛垛稻草，手忙腳亂地開始紮草人。大家絲毫不敢懈怠，忙了許久，才把物資準備齊全。

不要偷懶！

一轉眼，都已經到深夜了。趁着朦朧的月光，魯肅仔仔細細地把東西清點完畢，交付給了諸葛亮。

回到帳中，魯肅卻在牀上翻來覆去，怎麼也睡不着。這個諸葛亮，葫蘆裏到底賣的什麼藥？

他答應了劉備護諸葛亮安全，三天後，要是諸葛亮造不出箭而被砍了頭，他可就成了言而無信的小人了！

諸葛亮不忙着造箭，要船和草人做什麼呢？

你快去找諸葛先生，看看他到底造了多少支箭！

魯肅滿腦子想着諸葛亮的事，整夜都睡不着。可一連兩天過去，諸葛亮那兒連半點動靜都沒有。魯肅實在坐不住了，就派了一個小兵去找諸葛亮，看看他已經造了多少支箭。

先生，您到底
在看什麼？
我啊，在和老
天説話呢！
先生，您造了
多少支箭了？
一支也沒有。

小兵找到諸葛亮，卻見他仍然悠閒地站在江邊，時不時抬頭看天。渡口的士兵們正一個接一個地把戰鼓、草人搬上船，忙得熱火朝天。可周圍連一支箭的影子都沒有！

諸葛先生邀將軍
在船上相見。
我這就去。

諸葛亮竟然一支箭也沒造？

這下子魯肅更睡不好了。到了第三天凌晨，諸葛亮終於派人傳來消息，邀請魯肅上船。

魯肅來到岸邊，只見水上二十艘船以鐵索相互連接，掛着的幔帳隨風飄動，船兩側密密麻麻地放滿了草人，遠遠看去就像一艘艘站滿了士兵的船。每艘船上還有三十名士兵，船尾也擺上了紅彤彤的戰鼓。

魯肅登上船隊中心的那艘船，只見船艙中的桌上擺滿了美味佳餚，桌邊還有一架古琴。諸葛亮搖着羽扇，悠閒地坐在席間。

諸葛亮見到魯肅，便招手請他坐下。三日之期就快到了，魯肅連一支箭都沒見到，哪有心思坐下！他只想知道諸葛亮造出來的箭都在哪兒。

箭呢？
別急，我們這就
去取箭！

　　岸邊傳來船夫嘹亮的吆喝聲，伴隨着一陣搖晃，開船了。

　　魯肅瞥了一眼窗外，突然臉色一變，這船竟然正開往曹操水寨的方向！難不成諸葛亮是想投降曹操？

魯肅急忙嚷着讓諸葛亮停船。諸葛亮卻依舊不急不躁，只笑着表示他自有安排，甚至還悠閒地彈起了琴。

眼看着船離碼頭越來越遠，魯肅也沒了法子，只能坐下。可他怎麼也想不明白，諸葛亮到底要做什麼？就這樣，聽着悠揚的琴音，魯肅漸漸平靜了下來。

不知過了多久，一陣江風吹進船艙，魯肅不禁打顫。江上怎麼突然變得這麼冷？他小心翼翼地探出頭，向船艙外望去。

這一看才知道，原來江上竟然起了濃濃的大霧，大霧幾乎籠罩着整片水域！透過大霧，只能隱約看見對面河岸邊的樓船和點點燈火，那便是曹操的水寨了。

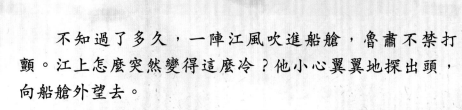

出來應戰！
吳
曹賊！快出來應戰！
曹賊，快出來受死！

眼看着船隊離曹操的水寨越來越近，諸葛亮下令把二十艘船頭朝西，尾朝東，一字擺開，然後傳令讓士兵們擂鼓吶喊。

戰鼓聲、士兵們的喊殺聲，再加上兵器相撞的聲音，三股聲音匯聚起來，驚天動地，響徹雲霄！這聲音就像一支支利箭，穿破黑夜和濃霧，傳到了曹操耳邊！

出來應戰！

你瘋了嗎！這哪裏是取箭？簡直是送死！等曹操帶兵殺出來，你就等着葬身魚腹吧！
不用擔心，曹操不僅不會殺來，還會借給我數萬支利箭！

什麼聲音？
不可以！對方怕是有
埋伏！快召集所有弓
箭手去江邊，遠程放
箭，不可近攻！

震天動地的喊殺聲驚醒了原本還在睡覺的曹操，他匆匆起牀衝出軍帳。這時，水寨中早就亂作一團，傳令兵正跑來跑去報告着敵軍來襲的消息。

有將領提出要帶領水軍直接殺出去，可曹操生性多疑，他想了又想，怎麼都覺得這是個陰謀——江上這麼大的霧，對方膽敢這麼大張旗鼓地衝過來，一定是有埋伏！於是，他下令讓所有弓箭手來到江邊。

丞相，待我領兵去
殺他個片甲不留！

隨着一聲令下，曹操的水寨中萬箭齊發！這些密密麻麻的箭，直往江心的那二十艘船飛去，一支接一支，深深地紮進了船上草人的身上。

曹操聽到喊殺聲和鼓聲漸弱，還以為船上的士兵都被亂箭射死了。他得意極了，讓弓箭手繼續射箭，將船上的人趕盡殺絕。

吳
妙！妙啊！夜黑霧重，曹操又生性多疑，聽到敵人來襲，必然怕有埋伏，不敢近攻，只能射箭退敵，白白地送我們數萬支箭！

嗖嗖的箭聲過後，草人身上早已經紮進了數不清的利箭。望着這樣的場景，魯肅哈哈大笑，他終於明白諸葛亮的「取箭」是什麼意思了！

可是沒高興多久，船突然劇烈地傾斜起來，桌上的杯盞、油燈，噼里啪啦地滑落在地。

原來，右邊的草人身上紮了太多箭，船承受不住這麼多箭的重量，快要側翻了！

諸葛亮立刻傳令，讓士兵們調轉船頭。

嘿喲嘿喲，將士們拿起槳奮力地划着，被鐵索連着的船隊緩緩掉頭，把船的另一邊對着曹軍。不一會兒，另一邊的草人身上也都紮滿了箭，船終於恢復平衡了！

吳
嘿喲嘿喲！
再加把勁！

該死的諸葛亮！
又中了你的奸計！
有本事上岸
一戰！

隨着一輪紅日躍出水面，大霧漸漸消散了。這時，船隊已經調好了頭，正對着回去的方向。草人身上紮滿了利箭，每艘船都像隻大刺蝟。順着湍急的水流，諸葛亮的船隊飛一般地離開曹操的水寨。不僅如此，諸葛亮還命船上的士兵齊聲向曹操道謝呢！

這時，曹操也看清楚了，原來船上的都是草人！他氣得咬牙切齒，但船隊已經走遠，怎麼也追不上了。

為將而不通天文、不識地利、不知奇門、不曉陰陽、不看陣圖、不明兵勢，是庸才也。
先生料事如神，在下佩服！

眼看離曹操的水寨越來越遠，魯肅這下終於放心了，坐下來與諸葛亮痛痛快快地喝了幾杯慶功酒。不過，他還是有不明白的地方：諸葛亮怎麼會知道今天有如此大的霧？

原來啊，諸葛亮早就養成了每日觀察天象的習慣。早在三天前，他就通過天象推算出今天會有大霧，這才簽下了軍令狀。

船隊風風光光地回來了，士兵們正忙着把草船上的箭取下來。搬箭的隊伍排成一條長龍，箭在周瑜的軍營裏堆成了一座小山。細細數來，比約定的十萬支還要多！

周瑜見到這些箭，就知道這下沒辦法除掉諸葛亮了。再聽魯肅説了草船借箭的計謀，他雖然心有不甘，卻也不得不歎服，承認自己比不上諸葛亮。

這十萬支箭可是向曹操「借」來的！
諸葛亮神機妙算，我不如他啊！

周瑜為什麼要對付諸葛亮？

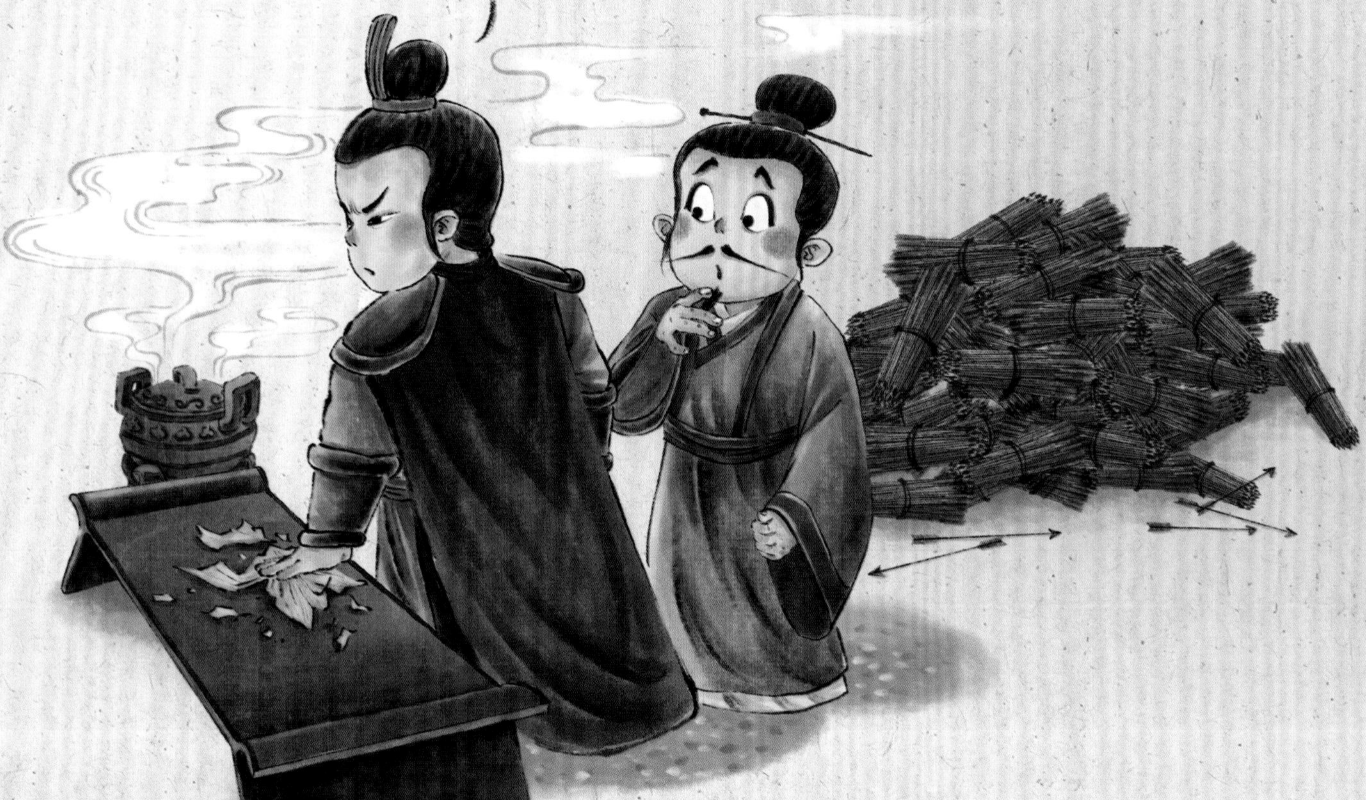
曹操一被除去，諸葛亮遲早會
成為我們東吳的心頭大患！